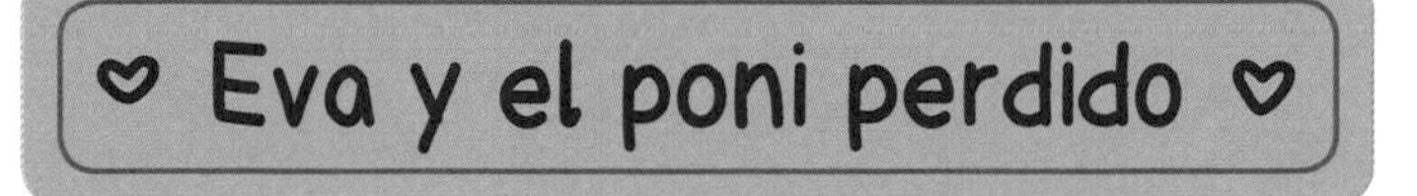

# Eva y el poni perdido

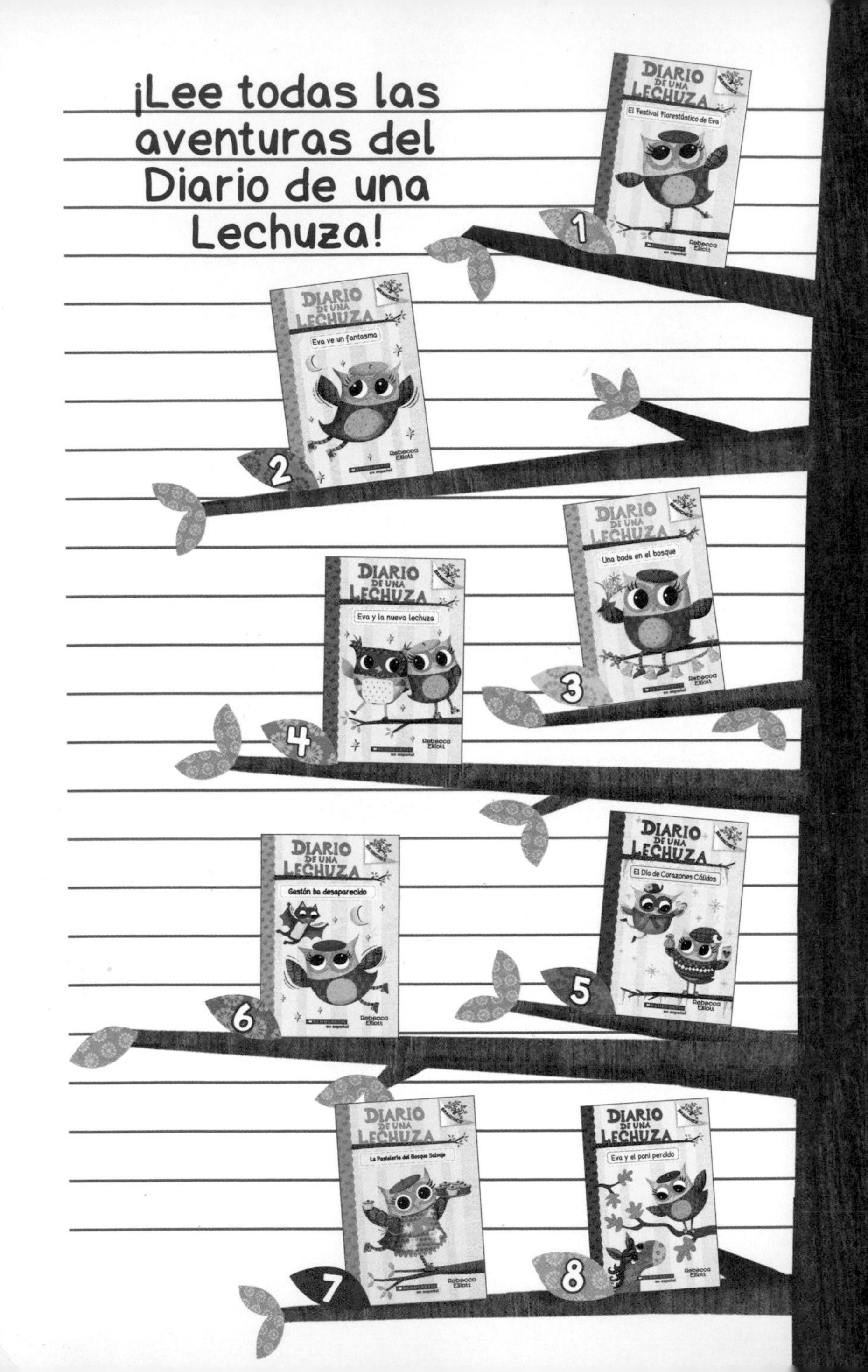
¡Lee todas las aventuras del Diario de una Lechuza!
1
DIARIO DE UNA LECHUZA
El Festival Florestástico de Eva
Rebecca Elliott
2
DIARIO DE UNA LECHUZA
Eva ve un fantasma
Rebecca Elliott
3
DIARIO DE UNA LECHUZA
Una boda en el bosque
Rebecca Elliott
4
DIARIO DE UNA LECHUZA
Eva y la nueva lechuza
Rebecca Elliott
5
DIARIO DE UNA LECHUZA
El Día de Corazones Cálidos
Rebecca Elliott
6
DIARIO DE UNA LECHUZA
Gastón ha desaparecido
Rebecca Elliott
7
DIARIO DE UNA LECHUZA
La Pastelería del Bosque Salvaje
Rebecca Elliott
8
DIARIO DE UNA LECHUZA
Eva y el poni perdido
Rebecca Elliott

# DIARIO DE UNA LECHUZA

♡ Eva y el poni perdido ♡

Rebecca Elliott

BRANCHES™
SCHOLASTIC INC.

Para Toby, quien un día decidió que Benjy era su mayordomo y le puso "Humbleton". Y para Benjy, que estuvo de acuerdo con esto. Cariños —R.E.

Originally published as *Owl Diaries #8: Eva and the Lost Pony*

Translated by Abel Berriz



ISBN 978-1-338-60120-6

10 9 8 7 6 5 4 3 2 1 20 21 22 23 24

Printed in China 62
First Spanish printing, 2020

Book design by Marissa Asuncion

# Contenido

Mi casa
del árbol

11

9

Avenida Pinoverde

# 1 ¿Me recuerdas?

Domingo

Hola, Diario:

¡Soy Eva Alarcón! ¿Estás listo para otra aventura **ALATÁSTICA**? Pero primero déjame contarte un poco sobre mí...

Adoro:
Las fiestas
Las mascotas
La palabra luna
Los chistes de papá
¿Cómo se le dice a una vaca que toca guitarra?
¡MUUúsico!

El sonido de la lluvia

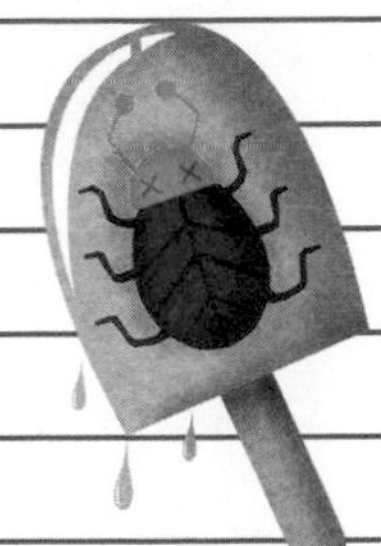

Las paletas de insectos de mamá

Los disfraces de Gastón

Arreglarme las plumas

NO adoro:

Volar bajo la lluvia

La sopa de cucarachas de mamá

La palabra bostezo

Que me elijan de última para jugar alacesta

Tomar medicinas

Sentarme quieta

Las picadas
de avispa

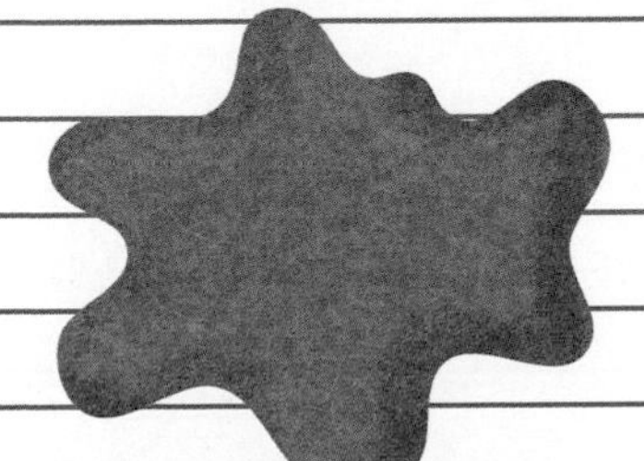

El fango pegajoso

¡Mi familia es **ALAVILLOSA**!

Esta es una foto de nosotros en el Día del Huevo:

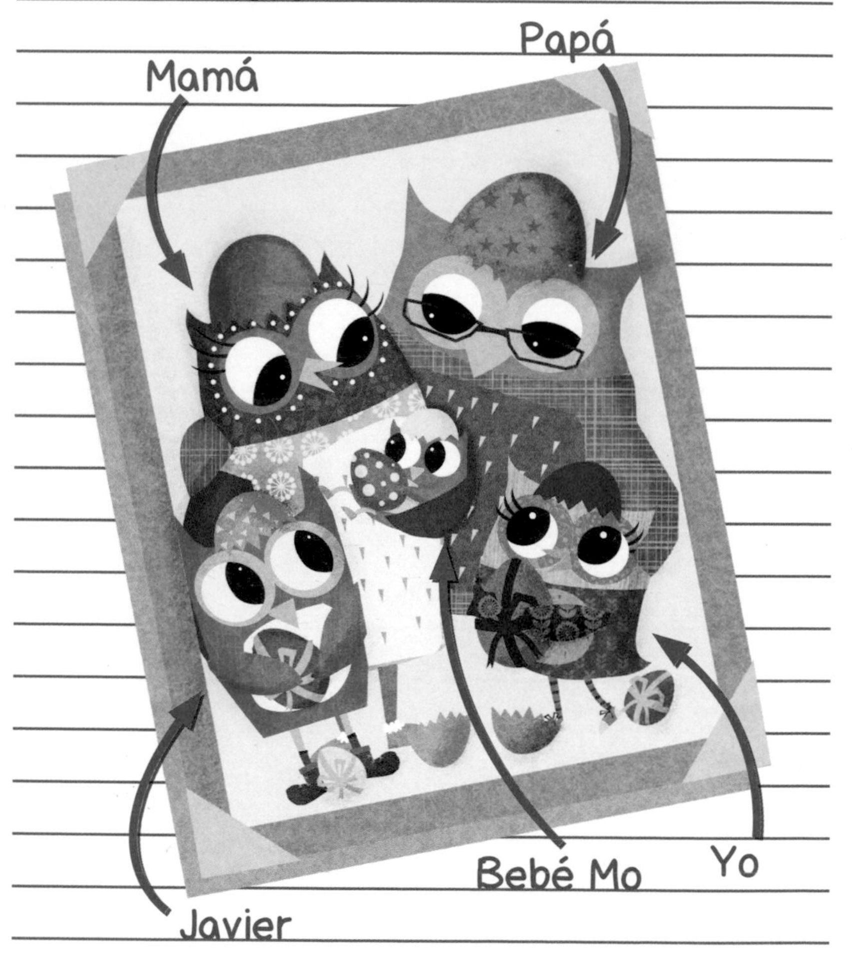
Papá
Mamá
Javier
Bebé Mo
Yo

Este es Gastón, mi adorable murciélago.

GASTÓN

¡Ser una lechuza es **LECHUGENIAL**!

Aprendemos a volar a las pocas semanas de nacidas.

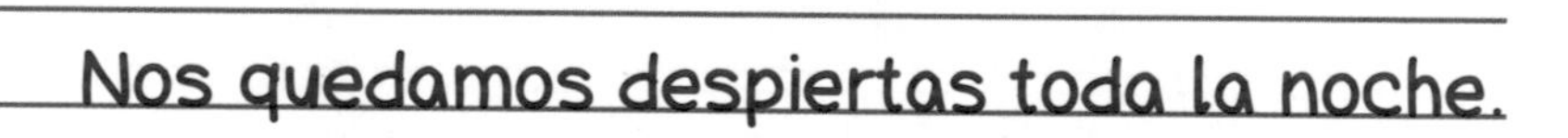

Nos quedamos despiertas toda la noche.

Dormimos todo el día.

¡Y tenemos ojos ENORMES para ver en la oscuridad!

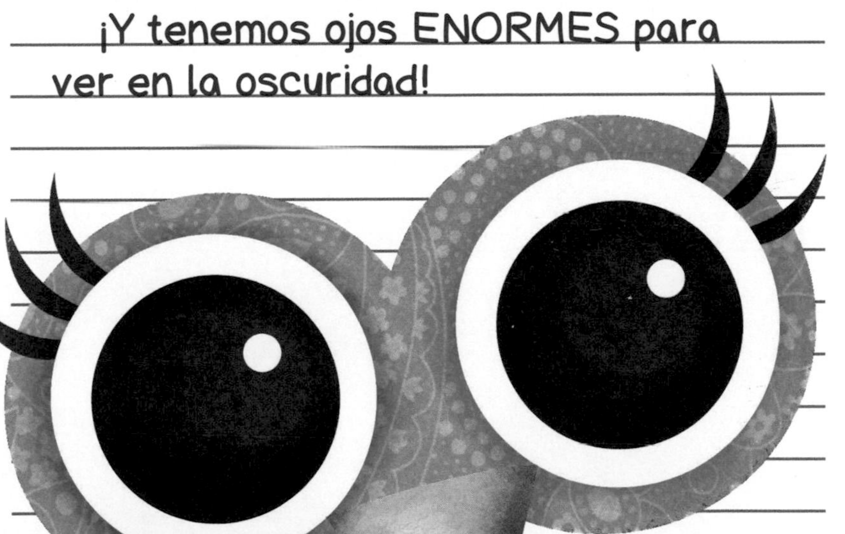

También vivimos en casas geniales en los árboles.

Mi familia vive al lado de la casa de Lucía Pico.

11
Mi casa en el árbol
9


Lucía es mi mejor amiga del **LUCHIVERSO**.

Las dos vamos a la Primaria Enramada, y esta es una foto de nuestro salón.

Susana
María
Jorge
Clara
Zacarías
Lily
Jacobo
Lucía
Carlos
Julia
Sra.
Yo
Zara
Plumita

Eso me recuerda que mañana tengo escuela. Mejor me voy a dormir. ¡Buen día, Diario!

# El Juramento de las Lechuzas

## Lunes

Hoy, en la escuela, la Sra. Plumita ululó algo súper importante.

¡Lechucitas! Esta es una semana muy especial. Harán el Juramento de las Lechuzas.

Habíamos oído hablar del juramento, pero queríamos saber más.

Todos los animales deben protegerse mutuamente, pero las lechuzas somos las **Guardianas del Bosque**, por eso nos tomamos este deber muy en serio. El juramento es una promesa que hacemos de ser siempre prudentes, valientes y amables con los demás habitantes del bosque.

Nadie se quería perder ni un detalle.

Antes de que hagan el juramento, deben hacer algo que demuestre que comprenden su verdadero significado. Pueden hacer un dibujo, un poema o un baile, o tener un gesto amable con otro animal. Presentarán sus proyectos al resto del salón el viernes, y el sábado harán el juramento en una ceremonia antes del Baile de las **Guardianas del Bosque**.

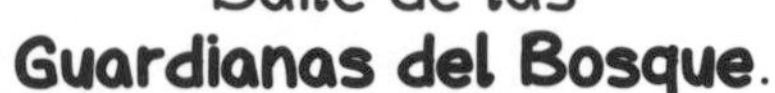

¡Sí!

La Sra. Plumita nos entregó copias del juramento para que nos lo aprendiéramos.

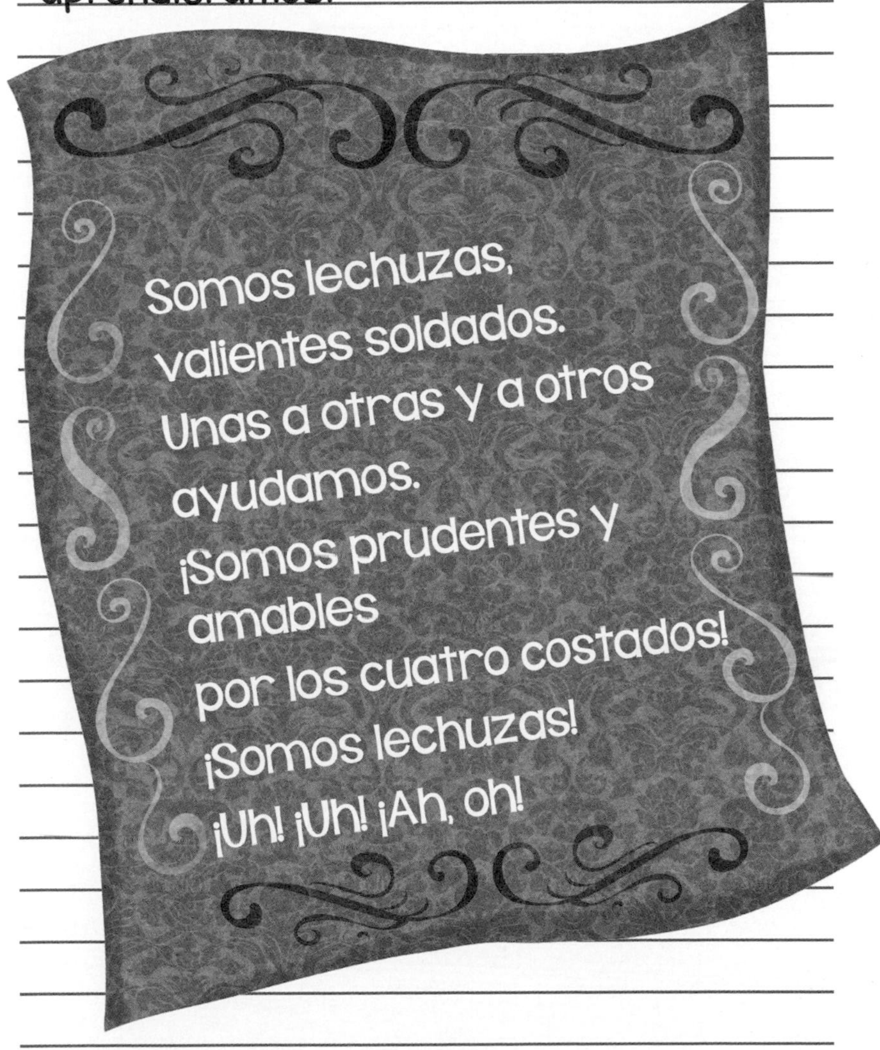
Somos lechuzas,
valientes soldados.
Unas a otras y a otros
ayudamos.
¡Somos prudentes y
amables
por los cuatro costados!
¡Somos lechuzas!
¡Uh! ¡Uh! ¡Ah, oh!

Durante el almuerzo, mis amigas y yo no paramos de **ULULAR** sobre el juramento, la ceremonia y el baile.

¡No puedo creer que esta semana haremos el juramento!
¡Estoy tan emocionada!
¡Se nos tienen que ocurrir buenos proyectos!
¿Qué tal si nos vemos después de la escuela para hablar de eso?
¡Sí! ¡Y también para practicar el juramento!

Susana voló hasta nuestra mesa.
¿Qué ropa se van a poner para el baile?
No estoy segura.
Yo tampoco.
¡Mi mamá me va a hacer un vestido alatástico!
Qué bueno, Susana.

Después de la escuela, Lucía, Julia y yo disfrazamos a nuestras mascotas de criaturas del bosque.

Gastón
Rex
Chemas

Luego las ayudamos, ¡tal como dice el juramento que debemos hacer!

Más tarde practicamos el juramento, pero siempre lo decíamos mal. ¡Fue muy cómico!

Somos lechuzas, valientes... ¿sudados?
¡JA JA!
¡JA JA!
Unas a otras... ¿ostras desayunamos?
¡JA!
Somos prudentes y amables... ¿en el cuarto acostados?
¡Somos lechuzas! ¡Uh! ¡Uh! ¡Ah, oh!

Al final hablamos de nuestros proyectos. Lucía Y Julia ya tenían ideas **LECHUGENIALES**.

Voy a dibujar una lechuza protegiendo a criaturas del bosque con sus alas.
Voy a escribir un cuento sobre una lechuza que apaga un fuego en el bosque.
Vaya. ¡Esas ideas son muy buenas!

Me puse a pensar en mi proyecto, pero no se me ocurría NINGUNA idea interesante.

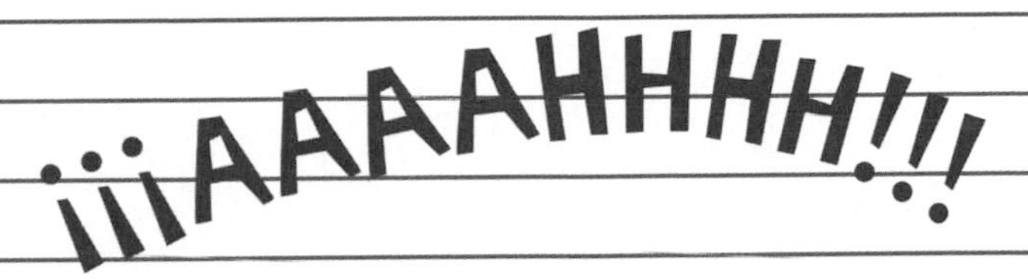
¡¡¡AAAAAHHHHH!!!

Ay, Diario, ¿qué voy a hacer?

# El soldado de la tormenta

## Martes

De camino a la escuela, Lucía y yo vimos nubes negras en el cielo.

¡Mi mamá dice que se acerca una gran tormenta!
¡Me encanta el sonido de la lluvia! Pero las tormentas dan miedo.

Todos en el salón estaban hablando de la tormenta.

¡Se va a desatar el jueves!
¡Va a ser ENORME!
¡Va a llover tan fuerte que nuestras casas se van a inundar!
¡El viento soplará tan duro que no podremos volar!
¡Los truenos van a ser tan ruidosos que estremecerán el bosque!

Luego todos comenzaron a hablar de sus proyectos.

Voy a escribir un rap titulado "El tipo en la onda del bosque".
Voy a hacerme selfis con tantas criaturas del bosque como pueda.
Mi mamá y yo estamos cosiendo un vestido estampado de árboles, huellas y corazones.

Yo estoy dibujando un cómic sobre una súper lechuza que rescata criaturas en peligro.

Todas las ideas eran geniales. ¡Pero yo aún no sabía qué hacer!

No te preocupes, Eva. Estoy segura de que se te ocurrirá algo.
¿?

Al terminar las clases, las nubes estaban aún más negras. Vi montones de animales corriendo a sus madrigueras. Supongo que les preocupaba que la tormenta llegara antes de lo previsto.

De repente, tuve una idea **ALAVILLOSA** para mi proyecto.

Seré un soldado de la tormenta. ¡Volaré por el bosque para asegurarme de que todos estén preparados para la gran tormenta!

Hice una lista de cosas que hacer:

1. Hacer un uniforme
2. Hacer afiches con consejos para:
   - preparar tu casa para la tormenta
   - mantenerte a salvo durante la tormenta
3. Colgar los afiches en el bosque

Primero, hice mi uniforme.

Luego, le conté del proyecto a mi familia.

¡Eva, me encanta!
¡Cuidado, tormenta! ¡Aquí viene el soldado de la tormenta!

Comencé enseguida a hacer los afiches.

¿Qué te parecen, Diario?

¡ALERTA DE TORMENTA!
-Mantente a salvo
-Mantente resguardado
-Protege tu casa con hojas y ramas

Espero que mi proyecto demuestre que estoy lista para hacer el Juramento de las Lechuzas. Ahora este soldado de la tormenta necesita descansar. ¡Buen día, Diario!

# ¡Desastre estruendoso!

Miércoles

Me desperté súper temprano y colgué los afiches.

¡ALERTA DE TORMENTA!
-Mantente a Salvo
-Mantente resguardado
-Protege tu casa con hojas y ramas
¡ALERTA DE TORMENTA!
¡ALERTA DE TORMENTA!
-Mantente a Salvo
-Mantente resguardado
-Protege tu casa con hojas y ramas
¡¡AVISO DE TORMENTA!

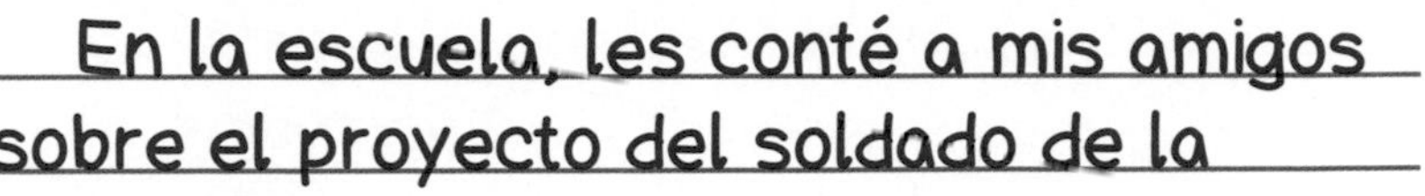

En la escuela, les conté a mis amigos sobre el proyecto del soldado de la tormenta.

¡Eva, eso es genial!
¡Tu proyecto realmente ayudará a los demás!

Había planeado colgar más afiches al salir de clases pero, justo cuando íbamos a nuestras casas...

¡DESASTRE!

¡La tormenta llegó antes de lo previsto! Los truenos eran súper RUIDOSOS, los relámpagos eran súper BRILLANTES y estaba lloviendo súper FUERTE.

Es una tormenta peligrosa. Tenemos que quedarnos aquí.
¿Quiere decir que vamos a dormir aquí?
Así es, chicos. Voy a buscar frazadas. Nos podemos acurrucar juntos.

¡Esto es una locura!
¡Sí! ¡Pero es un poco divertido!
¡Como una fiesta de pijamas gigante!

Cuando todos se durmieron, miré la tormenta por la ventana. Esperaba que las demás criaturas del bosque estuvieran bien y que mis afiches hubieran ayudado a algunas.

La Sra. Plumita nos despertó al mediodía. Pensé que estaría soleado afuera, pero las nubes aún estaban negras.

Chicos, la tormenta cesó. ¡Deberían volar a casa tan rápido como puedan! Me preocupa que vuelva a llover.

Estaba volando a mi casa de prisa cuando vi un poni. ¡Parecía perdido!

Me acordé del Juramento de las Lechuzas.

Y recordé que era el soldado de la tormenta...

El cielo se oscureció a medida que descendía para ver si el poni estaba bien.

Hola. Me llamo Eva.

Hola. Me llamo Simplicio.

¿Estás bien?
No. La tormenta derribó las cercas de mi potrero. Tengo que regresar a casa, pero... estoy perdido.
¡No te preocupes! Sígueme hasta mi casa. Mi mamá y mi papá te ayudarán.
¡Vaya! ¡Gracias, *veciiiina*!

Simplicio trotaba tras de mí cuando volvió a desatarse la tormenta.

El viento soplaba tan fuerte que me costaba trabajo volar. ¡Entonces un árbol cayó delante de nosotros!

¡¡Ayyy!!

¡Vamos! ¡Escondámonos en aquella cueva hasta que pase!
¡Buena idea!

Nos quedamos en la cueva el resto del día.

Sentí mucho miedo mientras llovía y el viento ululaba afuera.

Pero mi nuevo amigo me ayudó a calmarme. Me habló con dulzura.

Gracias otra vez por ayudarme. ¿Por qué lo hiciste?
Quería ayudar. Este sábado haré el Juramento de las Lechuzas.
He oído decir que es muy importante.

Así es. Por eso me convertí en soldado de la tormenta, para demostrar que sé cuál es el significado del juramento. Quería ayudar a otros animales a prepararse. Hasta colgué afiches, pero la tormenta llegó antes. Estoy segura de que los afiches se volaron, así que realmente no ayudé a nadie.

Me ayudaste a mí. Solo estaría asustado.

Apuesto a que mi mamá y mi papá están preocupados.
Los míos también. Espero llegar pronto a casa.

Me acordé de la vez que Gastón se perdió y de lo preocupada que estuve. No quería que mis padres pasaran por lo mismo.

¿¿Terminará la tormenta alguna vez??

# 5

## Arrepentida

### Jueves

¡Al fin pasó la tormenta! Ahora teníamos que encontrar el camino a casa. Afuera estaba oscuro, ¡por lo que veía perfectamente! Pero Simplicio no veía bien. (Los ponis no ven tan bien en la oscuridad como las lechuzas).

No te preocupes. Te guiaré por entre los árboles caídos.
¡Gracias, soldado de la tormenta!

Finalmente llegamos a mi casa en el árbol.

¡Menos mal que estás a salvo, Eva!

Mi familia y yo ayudamos a Simplicio a regresar a su casa.

¡Gracias, Eva! ¡Hasta pronto!

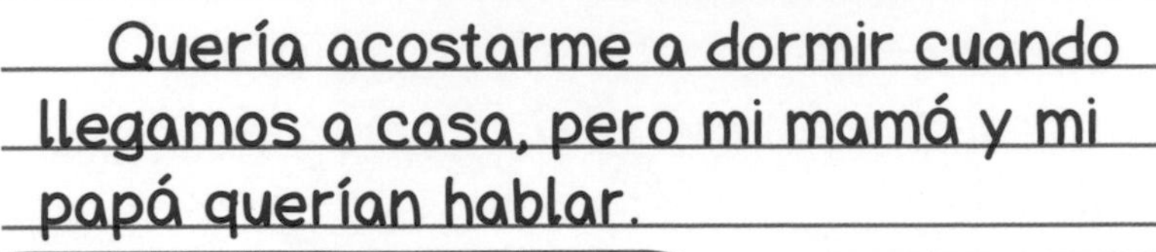

Quería acostarme a dormir cuando llegamos a casa, pero mi mamá y mi papá querían hablar.

Estamos orgullosos de ti por ayudar a otra criatura, Eva.
Sí. Fuiste muy valiente y amable.
¡Pero estábamos muy preocupados! Se suponía que vinieras directamente a casa.
La próxima vez debes pedirnos permiso antes de desviarte del camino y volar sola por ahí. ¡La tormenta fue peligrosa!
Lo siento. No volveré a hacer algo así.

Mi mamá me acompañó a la cama.

No creo que esté lista para hacer el Juramento de las Lechuzas el sábado. No fui prudente al desviarme del camino y tampoco fui valiente. Sentí mucho miedo.
Eva, lo más importante de ser una lechuza es tener buen corazón. ¡Y tú lo tienes! Duerme bien, soldado de la tormenta.

Ay, Diario, ¿qué voy a decir sobre mi proyecto mañana en la clase?

# ¡No soy una lechuza!

## Viernes

Hola, Diario:

De camino a la escuela, le conté a Lucía todo lo que había pasado.

¡Vaya, Eva! ¡Qué emocionante!
Sí, pero mis afiches no ayudaron a Simplicio a mantenerse a salvo.
Pero TÚ sí lo ayudaste.
Tal vez. Pero él me ayudó más a mí.

Nada de lo que Lucía dijera me haría sentir mejor.

Muy pronto, llegó la hora de presentar los proyectos.

¡Bien, chicos! ¿Qué hicieron esta semana para demostrar que saben lo que significa ser prudentes, valientes y amables?

Me encogí en el asiento con la esperanza de que la Sra. Plumita no me preguntara. Mi proyecto no funcionó, ¡y no tengo nada que decirle a la clase!

Los proyectos de mis compañeros eran **LECHUGENIALES**.

Los selfis de Zara:
Amigos del bosque

El vestido de Susana:
Animales unidos

FIN

El cómic de Zacarías:
¡Súper Lechuza al rescate!

Oye, una soy,
Por ahí ululando voy.
Las abejas de mí no tienen quejas.
Ambos vivimos en los árboles.
Si necesitas un amigo,
Puedes contar conmigo.
Seré el amigo fiel que te responda
Porque, chico, el bosque es mi onda.
El rap de Carlos: "El tipo en la onda del bosque"
El dibujo de Lucía: Alas protectoras
¡Cras! ¡Crac! ¡El olor a quemado inundó el aire! La lechucita anaranjada y marrón saltó de la cama. Sin tiempo que perder, fue a la cocina a buscar agua para apagar el fuego, pero allí encontró a su papá preparando el desayuno. ¡Otra vez había quemado las tostadas!
–¿No se está quemando el bosque? –preguntó la lechucita.
–No –respondió su papá, sonriendo–. ¡Pero es bueno saber que hay lechuzas tan valientes como tú en caso de que alguna vez haya un fuego!
El cuento de Clara: "Fuego en el bosque"

Solo en el bosque.
¿Quiénes te salvarán si lo necesitas?
¡Seremos nosotras, las lechuzas! ¡Lechuseremos!
El poema de Julia: "¡Lechuseremos!"
El pastel de María: Árbol de amor
La escultura de Jorge: El valiente rey Lechuzo

El baile de Lily:
Corazón del bosque
Creo en la casta del castor
Y en el tejido del tejón.
Soy generoso con el oso,
Con la liebre y el glotón.
Por ti estaré constantemente,
Seas un ciervo o un ratón,
Pues soy valiente y prudente,
Te lo dice mi canción.
La canción de Jacobo:
"Por ti estaré"

Todos me miraron. Era mi turno.

Me sonrojé al volar al frente del salón. Con manos temblorosas, sostuve uno de mis afiches.

Mi idea era convertirme en soldado de la tormenta para ayudar a otros animales a prepararse. Colgué estos afiches, pero creo que se volaron. Y sé que algunos animales se perdieron, como un poni que encontré. Intenté ser valiente... pero tuve miedo. El poni me tranquilizó a MÍ. Y me desvié del camino a casa sin pedir permiso, lo cual no fue prudente... Mis padres se molestaron. Así que mi proyecto no ayudó a nadie.

¡¡AVISO DE TORMENTA!!
-Mantente a salvo
-Mantente resguardado

La Sra. Plumita voló hasta donde yo estaba.

Eva, no pasa nada. Intentaste ayudar. Las cosas no siempre salen como las planeamos.

No creo estar lista para hacer el Juramento de las Lechuzas, Sra. Plumita.

Creo que sí lo estás, pero necesitas creerlo tú. Si piensas cuán amable estabas intentando ser, sabrás que estás lista para convertirte en una verdadera **Guardiana del Bosque**.

Al terminar las clases, Lucía y Julia trataron de alegrarme. Hicieron un desfile de moda con los vestidos que se pondrán en el baile de mañana.

¡Ven, Eva! ¡Pruébate tu vestido!
No tiene caso. No voy a ir.
¡Tienes que venir, Eva! Estás lista para hacer el juramento.
Gracias, pero no es cierto.

Ya me había acostado cuando mi hermano Javier entró a mi cuarto.

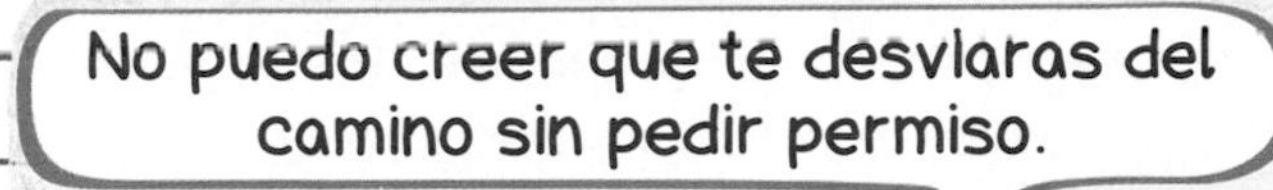
No puedo creer que te desviaras del camino sin pedir permiso.

¡Lo sé, Javier! ¡Ya me disculpé con mamá y papá!
Pero yo... bueno, yo también estaba preocupado, ¿sabes?

Tienes razón. Lo siento, Javier.
En fin. Yo hice el juramento, así que TÚ también deberías hacerlo. Ah, pero date un baño antes, porque hueles mal.
Ay, Javier. ¡Vete de aquí!

Diario, ¿debo hacer el juramento mañana? Mis amigos y mi familia parecen creer en mí, pero yo no sé qué hacer.

7

# ♡Una visita sorpresa♡

Sábado

Lucía me llamó por **TELECONO** esta noche temprano.

¡Oye, Eva! ¿Estás lista para hacer el juramento hoy?

Aún no me siento lo suficientemente valiente o prudente para hacerlo.

¡Pero tienes que hacerlo!

Lo pensaré, ¿está bien?

Me puse el vestido para el baile, por si me decidía a ir.

Entonces Javier entró a mi cuarto,

otra vez.

Mira, me bañé, ¿de acuerdo?
No vine por eso. ¡Alguien te busca allá afuera!

No sabía quién podría ser. Abrí la puerta y...

¡TODOS mis compañeros del salón estaban afuera! ¡La Sra. Plumita y el director Campos también estaban allí!

¡Y había muchos otros animales!

Nos preocupaba que no fueras hoy a la ceremonia del juramento, ¡así que vinimos a buscarte, Eva!
Pero mi proyecto no ayudó a nadie.
¡Eso no es cierto! ¡Tus afiches me ayudaron! Protegí mi casa con hojas y ramas y la tormenta no se la llevó.
¡Yo igual!
¡Y nosotros!

¿Los ayudé a todos ustedes?
De todos los magníficos proyectos del salón, el tuyo fue el único que ayudó a otras criaturas del bosque. Estás lista para hacer el juramento y convertirte en **Guardiana del Bosque**.
¿De verdad?
Hay alguien más que piensa que estás lista...

Diario, ¡adivina quién apareció!

¡Simplicio!

¡Hola, Eva! Fuiste muy valiente y amable al ayudarme durante la tormenta. Y también fuiste prudente cuando decidiste que nos refugiáramos en la cueva. Probablemente estaría perdido aún si no hubiera sido por ti. Así que, ¡gracias!

De nada, Simplicio. Gracias a TI por ayudarme cuando estaba asustada.
No hay de qué. Si hay alguien que esté listo para hacer el juramento, ¡esa eres tú! ¡Hazlo!
¿Sabes qué? ¡Creo que lo haré!

¡Hurra!
Vayamos todos a la Ceremonia del Juramento de las Lechuzas.
¿Podemos darles un aventón?
¡Sí!


¡Estoy impaciente por hacer el juramento, Diario! ¡Te contaré mañana!

# 8

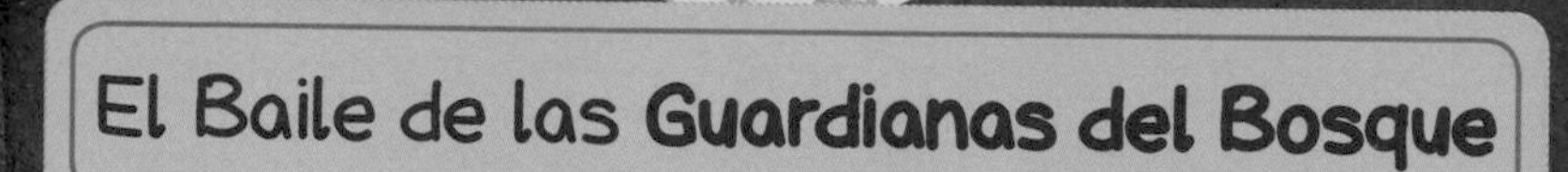

## El Baile de las Guardianas del Bosque

Domingo

Hola, Diario:

¡La noche de ayer fue ALAVILLOSA! Simplicio y su familia nos dieron un aventón hasta el Viejo Roble.

¡Esto es alatástico!

¡Nunca antes había montado en poni!

Todas las lechuzas nos turnamos para decir el juramento. Al final me tocó a mí.

Ante todo quiero agradecerles por traerme aquí. Quiero agradecer especialmente a mi nuevo amigo Simplicio, que me enseñó que a veces ser prudente no significa tener la razón, sino saber que te equivocaste y aprender de la experiencia. También me enseñó que ser valiente no significa no tener miedo, sino intentar hacer lo correcto aun cuando tienes miedo.

Respiré hondo e hice el juramento.
Somos lechuzas,
valientes soldados.
Unas a otras y a otros
ayudamos.
¡Somos prudentes y
amables
por los cuatro costados!
¡Somos lechuzas!
¡Uh! ¡Uh! ¡Ah, oh!

Todos los animales aplaudieron.

¡Bien hecho, Eva!

¡Estuviste lechugenial!

¡No hubiera podido hacerlo sin ti, Simplicio!

Los
Ululantes

¡Festejamos toda la noche en el Baile de las **Guardianas del Bosque**!

Diario, ¡esta semana fue **ALATÁSTICA**! No sé si siempre podré ser valiente, prudente y amable, pero he aprendido que lo que cuenta es hacer todo lo posible por ser todas esas cosas.

Ahora necesito dormir. ¡Simplicio me llevará mañana a galopar!

¡Nos vemos en la próxima!

**Rebecca Elliott** se parecía mucho a Eva cuando era más jovencita: le encantaba mantenerse ocupada y pasar el tiempo con sus mejores amigos. Aunque ahora es un poco mayor, nada ha cambiado... solo que sus mejores amigos son su esposo, Matthew, y sus hijos. Todavía le encanta mantenerse ocupada horneando pasteles, dibujando, escribiendo cuentos y haciendo música. Pero, por más cosas en común que tenga con Eva, Rebecca no puede volar ni hacer que su cabeza dé casi una vuelta completa, por mucho que lo intente. Rebecca es la autora de JUST BECAUSE y Mr. SUPER POOPY PANTS. DIARIO DE UNA LECHUZA es su primera serie de libros por capítulos.

# DIARIO DE UNA LECHUZA

## ¿Cuánto sabes acerca de "Eva y el poni perdido"?

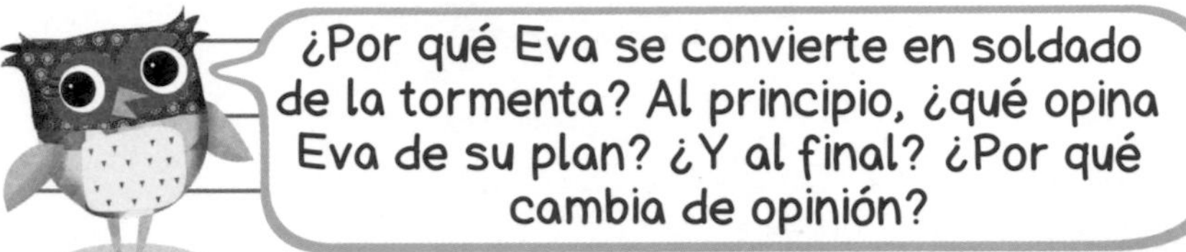

¿Por qué Eva se convierte en soldado de la tormenta? Al principio, ¿qué opina Eva de su plan? ¿Y al final? ¿Por qué cambia de opinión?

Eva ayuda a Simplicio a encontrar el camino a casa. Escribe sobre alguna vez que hayas ayudado a un amigo.

Los afiches de Eva dan consejos sobre cómo protegerse durante una tormenta. ¿De qué otras maneras puedes protegerte cuando hay mal tiempo? Crea tu propio afiche con consejos de seguridad.

¿Por qué los padres de Eva conversan con ella cuando regresa tras la tormenta? Vuelve a leer la página 46.

El Juramento de las Lechuzas es sobre ayudar a los demás. Trabaja con un compañero para encontrar maneras creativas de ser amable con tus compañeros o de ayudar en tu comunidad. ¡Busca inspiración de la página 50 a la 53!

scholastic.com/branches